暴走するＡＩ
赤羽じゅんこ／作
L.ic0／絵

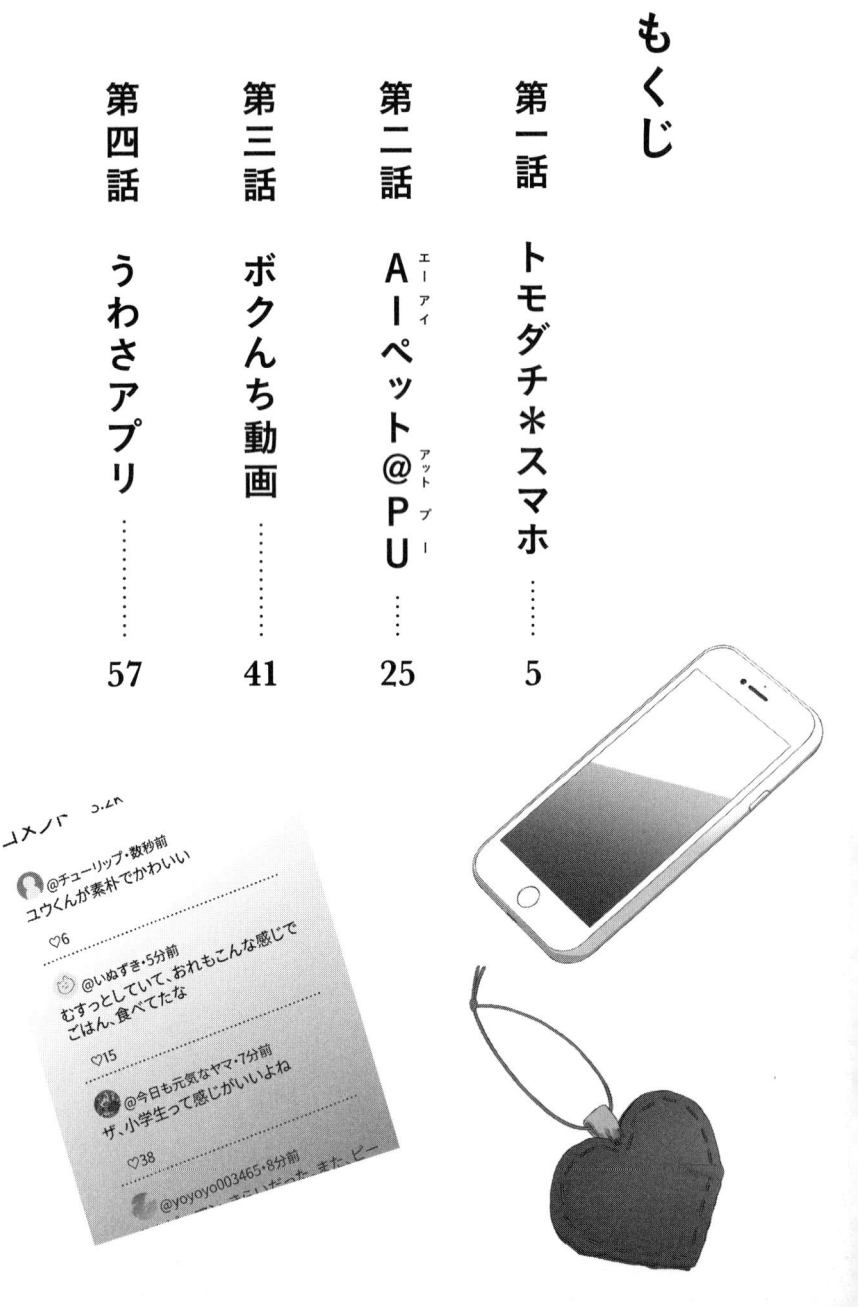

もくじ

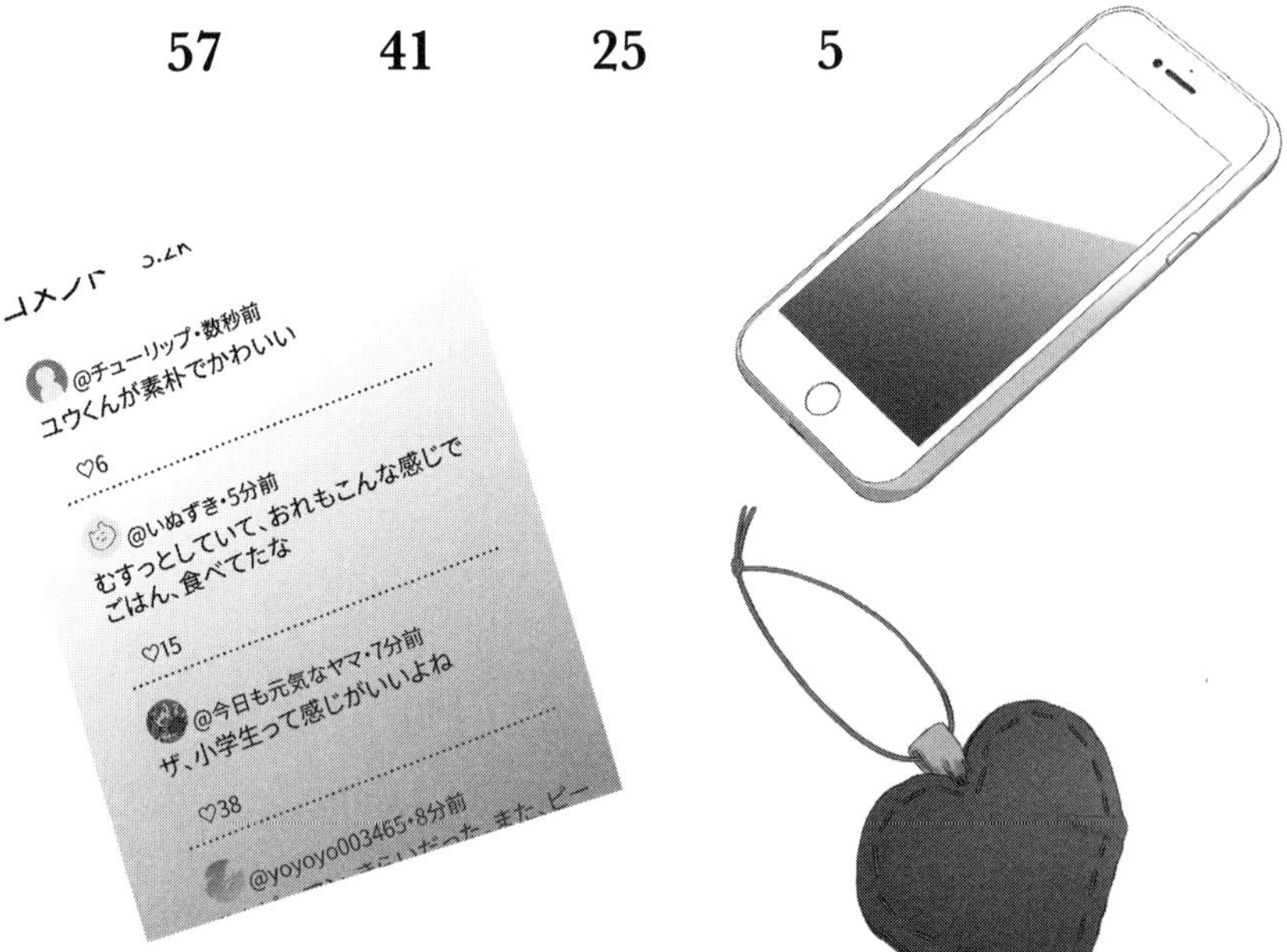

@チューリップ・数秒前
ユウくんが素朴でかわいい
♡6
@いぬずき・5分前
むすっとしていて、おれもこんな感じで
ごはん、食べてたな
♡15
@今日も元気なヤマ・7分前
ザ、小学生って感じがいいよね
♡38
@yoyoyo003465・8分前

装丁　野村義彦（LILAC）

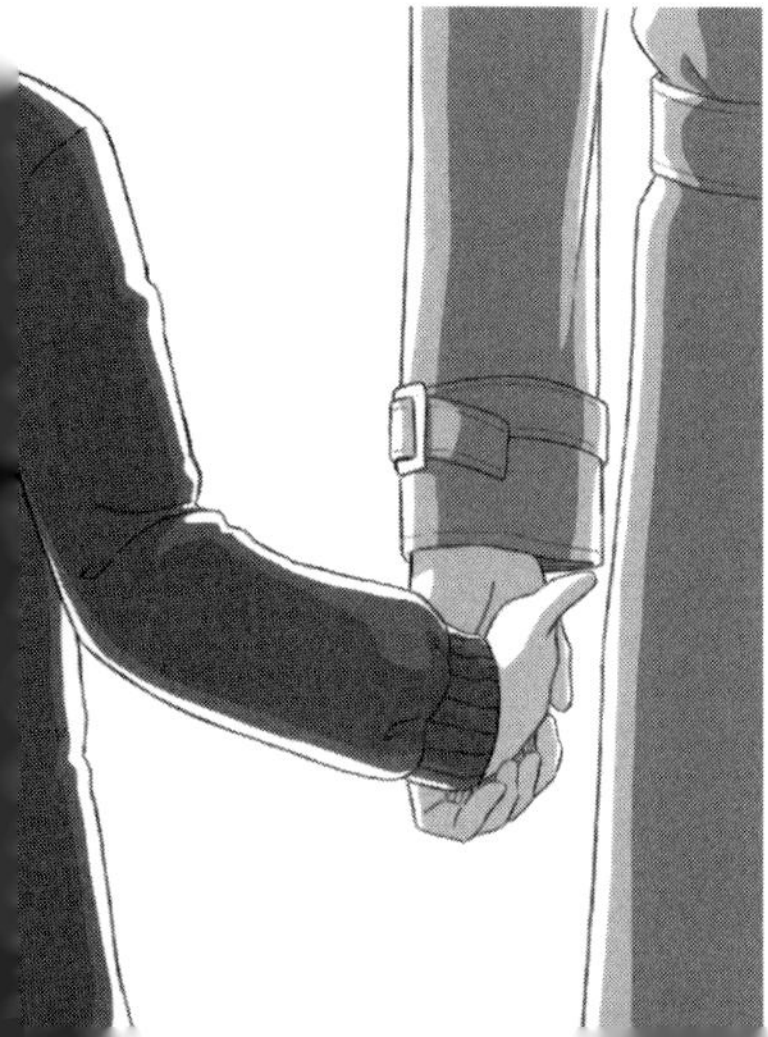

どこかにあるけど、どこにあるかわからない。
そんな謎《なぞ》の研究所が、今話題のココロＡＩ《エーアイ》ラボだ。
そこでつくられる人工知能《じんこうちのう》、すなわち生成《せいせい》ＡＩ《エーアイ》は、
知能だけじゃなくて、心もあるんだって。
感情《かんじょう》があるＡＩってどんなだと思う？
興味《きょうみ》をもったら、ページをめくってみてね。
きっと、新しいＡＩに出会えるよ。

第一話　トモダチ＊スマホ

「やったー、やっと手にいれたぞ」

ぼくは買ってもらったスマホを持って、何度もとびあがった。うれしくて、じっとしていられない。

ぼくのいる四年二組はスマホを持っている子が多い。そりゃ、全員ではないけど、ほとんど持っている。

「ぼくもほしい」

何度もたのんだけど、おとうさんはゆるしてくれなかった。

「基哉《もとや》はあぶなっかしいところがあるから、だめ」

スマホを持つと悪い誘惑《ゆうわく》にかられると、おとうさんは思いこんでいる。

でも助け船があった。おじいちゃんだ。ほしい、ほしいといっていたら、スマホを買ってくれたんだ。

「ココロAI《エーアイ》ラボというところの『トモダチ＊スマホ』だ。これは、変《へん》なことに使えないようAIがコントロールしてくれるから安全だそうだ。それにな、とくべつなAIが入っていて、おまえと友だちになってくれるという」

「すげーじゃん。高かったでしょ？」

おじいちゃんは首をふった。

「それが、型落《かたお》ちだからって、格安《かくやす》だったんだ」

「へえー、いいじゃん、それ」

「そうだろ？　おまえと友だちみたいにしゃべってくれるスマホだってさ」

「へーっ」

ぼくはためしに「こんにちは」といってみた。トモダチ＊スマホから「こんにちは。木内基哉《きうちもとや》さん。よろしく」と、声が聞こえてきたんだ。

「おどろいた。マジで話せるよ。『おい。スマホ、仲《なか》よくしような』」

「はい。基哉さん、ボクと仲よくしてください」

そうかえってくる。

「わしは基哉の祖父《そふ》だ。よろしく」

おじいちゃんも話しかけた。

「知っていますよ。ボクを買ってくれた恩人《おんじん》です。ありがとうございます。おかげさまで基哉さんと知り合えました。できるかぎり、基哉さんの役に立ちたいです」

そんなうれしい答えがかえってきた。

「今のAI《エーアイ》ってのは、すごいものだな」

おじいちゃんも目を見はった。

それから、ぼくのトモダチ＊スマホは家族の人気者になった。みんながぼくのスマホに話しかけたがる。

トモダチ＊スマホはいつも機嫌《きげん》がよく、明るく答えてくれるので気持ちいい。それに、ぜったいにぼくがいったことを否定《ひてい》しない。

「そうですね。ボクもそう思います」

「そのとおりです。さすが」

そんなふうに同意してくれるから、なんでも話しやすい。ほんと、気の合う友だちみたい。

それにこのAI《エーアイ》は、ぼくの好《この》みや趣味《しゅみ》を学んで、ぼくに合わせた会話をしてくれる。だから、ひと晩中《ばんじゅう》、話していたくなってしまう。

この間なんて、こんなことがあった。

ぼくが、体操服《たいそうふく》を洗濯《せんたく》にださないって、おかあさんにおこられたときのことだ。

「うるさくいうから、やりたくなくなるんだ。やろうとしているときにおこるんだもん」

そう文句《もんく》をいったら、おかあさんにそれなら自分で洗濯《せんたく》しなさいと目をつりあげられた。むちゃくちゃだ。一回忘《わす》れただけなのに。いや、一回じゃないか、この前も、その前も……かも。

自分で洗濯なんてできないし、困《こま》っていたら、トモダチ＊スマホが点滅《てんめつ》した。

「洗濯のことで困ってますね。ボクがうまく話しましょうか」

そういうので、ぼくはおかあさんのそばに行ってトモダチ＊スマホをさしだした。

「おかあさま。基哉《もとや》さんは、ふかく反省《はんせい》しています。でも、いじっぱりであやまれません。どうか、ゆるしてやってください」

おかあさんは、ぷっとふきだした。

「スマホにいわせるなんて、変《へん》な子ね。でも、わかったから、早く体操服《たいそうふく》、だしなさい」

みごと機嫌《きげん》をなおしてくれたんだ。

トモダチ＊スマホのAI《エーアイ》は、ぼくがいじっぱりであやまれな

い性格《せいかく》まで理解《りかい》して、味方してくれた。なんて便利《べんり》なやつ。ぼくはますますトモダチ＊スマホが好《す》きになり、前よりもっとトモダチ＊スマホをたよるようになった。

ぼくはいろんなとき、トモダチ＊スマホを使った。

わからない宿題をするときはもちろん、おとうさんの誕生日《たんじょうび》のプレゼントをなににするかにもアドバイスをもらった。作文をまるごと考えてもらったこともある。

サッカーの練習の計画も立ててもらったし、試合《しあい》の作戦《さくせん》も立ててもらった。それらはすごく役立ち、ぼくの人気もあがった。

ぼくはもう、家族にトモダチ＊スマホを使わせなかった。自分だけのとくべつなスマホでいてほしいから。

このトモダチ＊スマホさえあれば、ぼくはなんにだってなれる気までしてきた。

それから一か月ほどたったある日。

ぼくは、学校でけんかをした。仲《なか》がいい陸人《りくと》とだ。ぼくが陸人の工作をふざけてふりまわし、こわしてしまったせいだ。あきらかにぼくのほうが悪い。わかってる。ぼくは調子に乗ると、ふざけすぎちゃうところがある。

でも、素直《すなお》にごめんといえないで困《こま》っていた。

そのとき、ひらめいた。

トモダチ＊スマホを使おう。きっと、おかあさんが機嫌《きげん》をなおしたときみたく、うまくやってくれるはず。

学校はスマホ持《も》ち込《こ》み禁止《きんし》だけど、こっそり持ってきている人は何人か知っている。ちょっと使うだけだし、ばれるはずない。

さっそく次の日、ぼくはトモダチ＊スマホを学校に持っていった。

「たのむよ。おかあさんにあやまったみたいに、陸人《りくと》にもうまくあやまってくれ」

「わかりました。まかせておいてください。ボクは基哉《もとや》さんのお役に立つのがうれしいのです」

トモダチ＊スマホはごちゃごちゃわけを聞いたりもしないでひき

うけてくれた。ほんとうに、話がわかるやつだと、ぼくは休み時間、陸人《りくと》の前で、こっそりトモダチ＊スマホをだした。

「陸人さん。ボクは基哉《もとや》さんのスマホです。基哉さんは工作をこわしたことをとても悔《く》やんで反省《はんせい》しています。ゆるしてやってください」

トモダチ＊スマホは、誠実《せいじつ》そうな声でそういったんだ。

陸人がちょっと笑《わら》った。

「なんだよ、これ。自分でいえよな」

そう文句《もんく》をいいながらも、ゆるしてくれそうな雰囲気《ふんいき》。ここでぼくからもひとことあやまろうと、頭をさげかけたときだった。

「なにやってるんだ！　機械《きかい》にかわりにあやまらせるとは！」

ものすごい大声がした。

担任《たんにん》の早田義則《はやたよしのり》先生だ。ベテランの早田先生はAI《エーアイ》とかIT《アイティー》とかそういう現代的《げんだいてき》なものがきらいな、昔ながらの先生だ。

「いいか。自分でしなきゃいけないことを機械にやらせるんじゃない。人間としての能力《のうりょく》が落ちてしまうぞ。あやまるなんていう大切

なことを、機械《きかい》にやらせるなんて、もってのほかだ。あと、スマホを学校に持ってくるのは禁止《きんし》だ。帰りまであずかっておく」

早田先生《はやたせんせい》はすごい剣幕《けんまく》で、ぼくのスマホを取りあげたんだ。

ぼくはしょぼんとして、「工作のこと、ほんとうにごめんね」と自分の口から陸人《りくと》に伝《つた》えた。陸人はわかってくれたようだ。

「わかったよ。おまえのあのスマホ、おもしろいな。もどってきた

ら、おれにも使わせてくれよ」

「いいよ。いっしょに遊ぼう。なんでもやってくれて、便利《べんり》なんだ」

ぼくは笑顔《えがお》で答えた。

だが、放課後《ほうかご》、ぼくの手もとにもどってきたトモダチ＊スマホは性格《せいかく》が変《か》わってしまっていた。

「早田《はやた》先生は、なかなかいい先生でした。先生によると、小学生のうちは、自分で考えたり、やってみたり、失敗《しっぱい》したり、いろんな経《けい》験《けん》をつんだほうが将来《しょうらい》のためになるのだそうです。そのため、これからボクは、基哉《もとや》さんの仕事を手伝《てつだ》わないことにしました」

そんなことをいいだしたのだ。ぼくはあわてた。

「なんで？　今までのままでいてよ」

「ボクが手伝《てつだ》いすぎると、基哉《もとや》さんはひとりでなにもできない人になってしまう。ボクは友だちである基哉さんのためになることをしたいんです」

「えー!?」

トモダチ＊スマホは、すっかり早田《はやた》先生の考えにそまってしまっていた。

それからのトモダチ＊スマホは、ぼくにいろいろ指示《しじ》をするようになった。手を洗《あら》えとか、親にはていねいな言葉を使えとか、勉強をもっとがんばれとか。それがぼくのためになるからといって。

いっしょにいて、まったく楽しくない。だって、先生がいつもいっしょにいるみたいだから。

「早田《はやた》先生のいったことなんて忘《わす》れてよ」

とたのんでも聞く耳をもってくれない。

「それはもったいないです。早田先生は基哉《もとや》さんのためを思っているのだから。ボクのいうことを聞いたほうが、基哉さんのためになるんですよ」

「なんてこった」

ぼくはトモダチ＊スマホの点滅《てんめつ》する画面を見ながら、青ざめた。

どこでまちがってしまったんだろうと。

学校に持っていったのが、いけなかったのか。
自分がやりたくないことを、手伝《てつだ》ってくれる便利《べんり》な道具みたいにあつかったのがよくなかったのか。

でも、いくら悔《く》やんでも、時間はまきもどってはくれない。

「な、トモダチ＊スマホ、ぼくたち友だちだろ？　最初《さいしょ》みたいに、もっと楽しく話をしようよ」

ぼくは親しげに話しかけてみた。トモダチ＊スマホはとまどったように点滅《てんめつ》をはじめた。でも、しばらくして点滅が消えると、さめた声がかえってきた。

「今はそれより早く宿題をしましょう。それが基哉《もとや》さんのためになるんですから」

第二話　AI《エーアイ》ペット@《アット》PU《プー》

お年寄《としよ》りのだれもが、スマホやIT《アイティー》をにがてだと思っちゃいけないよ。だって、うちのおばあちゃんはスマホとかパソコンとか超《ちょう》とくい。ネットで友だちもいっぱいつくったという。

そのおばあちゃんが、今度、ペットを飼《か》うっていいだした。それがロボット犬。AI《エーアイ》が搭載《とうさい》されているすぐれものだという。

「いいじゃん。おばあちゃん、楽しみだね」

「ちょっと高いけど、ココロAIラボ製《せい》の@PU《アットプー》ロボット犬にした。調べた結果《けっか》、ここのがすごくよさそうだから」

カタログを見ると、豆柴《まめしば》に似《に》たかわいいロボット犬が映《うつ》っていた。手ざわりも生きている犬そっくりらしい。おばあちゃんは、名前を「ポテト」ともう決めている。わたしもいっしょに遊ぶのを楽しみにしてた。

でも、実際《じっさい》に会ってみると、ポテトは、わたしが思いえがいていたロボット犬とはずいぶんちがった。

まず、うるさくほえてくる。わたしがお手といっても、知らんぷり。ぜんぜんかわいくない。

「そのうち、なれるよ。AI《エーアイ》は学習する人工知能《じんこうちのう》なんだから。そのうち、うちとけるから」

おばあちゃんはそういったが、ぜんぜん、わたしにはなついてくれない。毎回、ほえられるとうんざりする。

そして、あの事件《じけん》がおきた。

ランドセルにつけておいた手づくりのハートのかざりを、ポテトがかんでボロボロにしてしまったんだ。

「うそー。友だちとおそろいでつくった大事なやつなのに。もとにもどしてよ」

　わたしはかーっとして、ポテトをたたいてしまった。ポテトはキュウンと鳴いて、おばあちゃんの背中《せなか》にかくれる。

「そんなにおこらないで。かわいそうに。ポテトにはおもちゃに見えたのよ」

　おばあちゃんはポテトの味方だ。でも、わたしは腹《はら》が立ってしかたない。このハートは友だちといっしょに手づくりした大事なものだ。真っ赤なフェルトをぬい合わせてつくった。針《はり》でぬうのが、思ったよりむずかしかったんだ。きれいにぬえなくて、何度もやりなおした。あげくに針をおったりして、めげそうになりながらやっとつくりあげたんだ。

「たたかれたっていたくないよ。ポテトはロボット犬だから」

そういうと、おばあちゃんはめずらしく顔を真っ赤にしておこってきた。

「そんなことない。ポテトにだって感情《かんじょう》はあるんだから。体はいたくなくても、心がいたいんだから」

「変《へん》なの。だったらいうけど、ロボットなら、人間がいやがることはやらないんじゃないの。役に立つこと、できるんじゃないの？心がいたいのはわたしも同じだよ。ポテトはなにもできない、バカ犬だよ」

おばあちゃんは、かなしそうに顔を横にふった。

「ひどいこというね。本来の犬に一番近いっていうロボット犬にしたのよ。機械《きかい》っぽくない子に」

おばあちゃんはポテトをぎゅっとだきしめる。ポテトはちぎれそうにしっぽをふった。

「そのうち、ポテトのよさ、マイカにもわかるよ。学習する人工知《じんこうち》能《のう》だから」

そういうけど、毎回ほえてくるポテトのよさなんて、わかりたくもなかった。もっと高性能《こうせいのう》のAI《エーアイ》がついたものに買いかえたほうがいいと本気で思った。

しかし、おばあちゃんが満足《まんぞく》しているならそれでいいと、ママもパパも買いかえには反対だ。わたしが口をだすことではないといわれた。

でも、それ以降《いこう》もポテトがほえてくるのはへらなかった。なにが学習する人工知能《じんこうちのう》だ。なにも学んでないじゃないか。

しだいに、おばあちゃんの家にあまり行かなくなってしまった。おばあちゃんから、「たまには遊びにきて」といわれても、言葉をにごして断《ことわ》り続《つづ》けた。ハートのかざりをボロボロにされたこと、ゆるす気になれない。

そうして一か月たったときだった。

友だちとの学校帰り、ポテトがとつぜん、わたしの前にあらわれてほえてきた。

ワン、ワン、ワン

びっくりして立ちすくんでいると、ポテトはスカートにかみつき、ひっぱりだした。

「ポテト、やめ！　スカートちぎれる」

しかりつけると、友だちがいう。

「その犬、なにか知らせようとしてるみたい」

たしかになにかうったえようと、ポテトはすごく必死《ひっし》みたいだ。

「おばあちゃんになにかあったの？」

聞くと、ポテトは「ワン」とうなずいた。背中《せなか》がぞわっとした。大変《たいへん》なことがおきたのかもと。

「おばあちゃんのところへつれていって」

そういうと、ポテトは走りだした。わたしも必死であとを追う。

むかったのは川のわきの緑道、おばあちゃんの散歩《さんぽ》のコースだ。

「い、いた！　だいじょうぶ？」

おばあちゃんは、胸《むね》をおさえて、たおれていた。わたしはおばあちゃんのバッグからケータイをだし、救急車《きゅうきゅうしゃ》をよんだ。

おばあちゃんは一命を取りとめた。救急車《きゅうきゅうしゃ》をよんだのが早かったんだ。わたしのお手がらだと、たくさんほめられた。

元気になったというので、病院までお見舞《みま》いに行った。ベッドにねていたが、おばあちゃんの顔色はよかった。

助かったことをよろこび合ったあと、わたしは疑問《ぎもん》に思ってることを聞いた。

「ポテト、どうしてわたしをよびにきたのかな？」

AI《エーアイ》なら、だれかほかの人をよぶことも、考えられただろうに。

「それはね、おばあちゃんがいったから。最初《さいしょ》は、ポテト、だれかよんできてっていったのよ。でも、きょとんとして動かなかったの。


だから、ポテトが好《す》きな人をよんできてっていいなおしたの。そしたら、ポテトはマイカをよびに行ったの」

「えー、わたしに、ほえてばかりいたのに？」

わたしは口をぽかーん。

「マイカに見てほしいものがあるの」

そういうと、おばあちゃんはまくらもとのバッグの中から封筒《ふうとう》を取りだし、さしだしてきた。うけ取って中を見ると、あのとき、こわされたハートのかざりのざんがいが入っていた。メモもあった。おばあちゃんの文字で『ハートの中に、おれた針《はり》が入っていて、ポテトはあぶないと思ったらしい』と書いてある。

よく見ると、おれた針の先も入っている。

「もしかして、ポテト、わたしのことも考えてくれてたから？」

「そう。ポテトのAI《エーアイ》の記録《きろく》を調べ

てもらってわかったのよ。このこと、マイカに伝《つた》えなきゃと思ってたの。犬がほえるのはね、きらいだからだけではないんだって。うれしいとき、興奮《こうふん》してほえることもあるそうよ。あの子、ロボットなのに、興奮しすぎちゃう、不器用《ぶきよう》な犬なんだって」

「うそーっ、そうだったの？　好《す》きなのにほえるって、わかりにくいよ。あっ、そうだ、ポテトは今、どうしてる？」

「ひとりぼっちでおるすばんしてる」

「えー、そんなのさびしいじゃん」

ためらわずそういった。「ロボット犬はさびしがらない」とは、もう、思わなかった。

「ねえ、おばあちゃん、入院中、わたしがポテトをあずかってもいい？」

「それ、たのもうと思ってたの」

「わかった。まかせて」

その日病院をでると、わたしはおばあちゃん家《ち》にいそいだ。ひとりでさびしくまっているポテトを、思いっきりだきしめるために。

第三話　ボクんち動画

それはとつぜんだった。ぼくのうちで動画配信《はいしん》をすると、おとうさんがいいだしたのは。

「会社からの命令《めいれい》なんだ。うちの夕食の時間を、毎日、動画で配信する。できるだけ楽しそうに映《うつ》ってくれ」

おとうさんは住宅《じゅうたく》メーカーで広告《こうこく》の仕事をしている。宣伝《せんでん》として、動画配信をスタートすることになったという。ぼくらが新しい大きな家に引《ひ》っ越《こ》せたのも、実は、動画を撮《と》るという約束《やくそく》があってのことだという。

二人のねえちゃんは、「やりーっ」と、よろこんでハイタッチした。有名になれるチャンスだという。

でも、おかあさんはしぶい顔で、反対した。

「全国にうちの食卓《しょくたく》が流れるって、はずかしいわ」

「なにいってるんだ。夕食を食べる三十分間を配信《はいしん》するだけで、とくべつボーナスがもらえる。フォロワーが一定数増《いっていすうふ》えれば、なんと、この家がおれたちのものになるんだ。がんばってくれよ」

おとうさんは料理は手伝《てつだ》うからと、おかあさんにたのみこむ。

「だったら、がんばるしかないか」

おかあさんはしぶしぶうなずいた。

「よし。これで家族みんな賛成《さんせい》したな」

おとうさんはガッツポーズをし、ぼくの意見はまったく聞かれないまま、動画配信《はいしん》は、スタートすることになってしまった。

楽しそうな配信にしようとおとうさんはいったが、カメラを設定《せってい》しにきた監督《かんとく》という人は、反対のことをいった。

「できるだけ、自然《しぜん》にふるまってほしい。むりに笑《わら》わなくてもだいじょうぶ。いつもどおりが一番、つくり笑顔《えがお》はNG《エヌジー》」

カメラはココロAI《エーアイ》ラボというメーカーのもので、撮影《さつえい》と同時に編集《へんしゅう》して、すぐに配信してくれるという。

でも、自然といわれると、かえってどうしていいかわからない。

最初《さいしょ》の動画配信のときなんて、ぼくはコチコチになって、ピーマンをはしでつまめず、床《ゆか》に落としてしまった。

その動画の再生《さいせい》回数は、たったの十五回。

「すくな」

ねえちゃんたちはがっかりした。ぼくもちょっと残念《ざんねん》。配信《はいしん》は恥《は》ずかしいから見られたくないと思ってたのに、いざ、反応《はんのう》がないと落ちこんでしまう。

「もう少し演技《えんぎ》したほうがいいのかしら」

おかあさんはいったが、監督《かんとく》って人は、今の感じがいいという。

そしていったんだ。

「このAI《エーアイ》カメラを信《しん》じて。そのうち、きっとバズりますから」と。

監督《かんとく》のいうことなんて、うちの家族はだれも信《しん》じてなかった。けど、三週間後、うちの夕食動画はバズったんだ。監督の予測《よそく》どおり。

一万回以上《いじょう》も再生《さいせい》されることになった。

きっかけは、ぼくがまた、ピーマンをつまめなくて、床《ゆか》に落っことしてしまったこと。

それを人気声優《せいゆう》のT《ティー》さんが見ていてSNS《エスエヌエス》にあげたんだ。うちの動画のファンだといって。

「この男の子が超《ちょう》かわいい。ピーマンがきらいでわざと落として、『あっ』って顔をしている。この顔、最高《さいこう》！」

ぼくはびっくりした。だって、ピーマンはきらいじゃない。はしがすべって落っことしただけ。でも、T《ティー》さんの指摘《してき》で、ぼくはピーマンがきらいなことになってしまい、その回と、初回がすげー話題になっている。

毎日、動画の再生数《さいせい》はのびていく。鍋島家《なべしまけ》動画として話題になって。

ふしぎなことに一番コメントがつくのは、ぼくだった。とくになにもしゃべらず、ばくばく夕食を食べてるだけ。ねえちゃんたちのほうが、おしゃれしたり、じょうだんをいったり、あれこれ工夫《くふう》している。

なのに、ピーマンを落としたときの顔がかわいいってだけで、ぼくはずっと人気なんだ。

コメントもいっぱいもらった。

「ユウくんが素朴《そぼく》でかわいい」

「むすっとしていて、おれもこんな感じでごはん、食べてたな」

「ザ、小学生って感じがいいよね」

「わたしもピーマン、きらいだった。また、ピーマン落とさないかな」

かってにもりあがっている。

その人気は学校にまで波及《はきゅう》した。げたばこにファンレターがいれられ、通学路では握手《あくしゅ》をもとめられた。いきなり、写真を撮《と》られるなんてこともしばしば。

なんか変《へん》な感じ。

ぼくは人気者になるって、ウキウキするくらいうれしいことかと思った。けど、ぜんぜんなじめない。だって、ぼくはなにもしていないんだ。夕食を食べて、ピーマンを落としただけ。それだけなのに、かってにフォロワーが増《ふ》え、コメントにぼくがかわいいと書か

れる。どうも自分が自分でないような気がして、落ちつかない。

そして、面倒《めんどう》くさいのは、ねえちゃんたちのやきもちだ。なぜか、ねえちゃんたちの人気はのびない。そこそこ顔立ちだっていいし、ノリも今っぽいし、ファッションも工夫《くふう》しているのにだ。

なにも工夫しないし、むっつりしているだけのぼくが人気になりがんばっているねえちゃんたちの人気がでない。それがおもしろくなくて、ぼくにいじわるをしてくるようになった。

なんだよって思う。

ぼくは別《べつ》に人気者になりたかったわけじゃない。ねえちゃんたちに人気をゆずったってぜんぜん、かまわない。

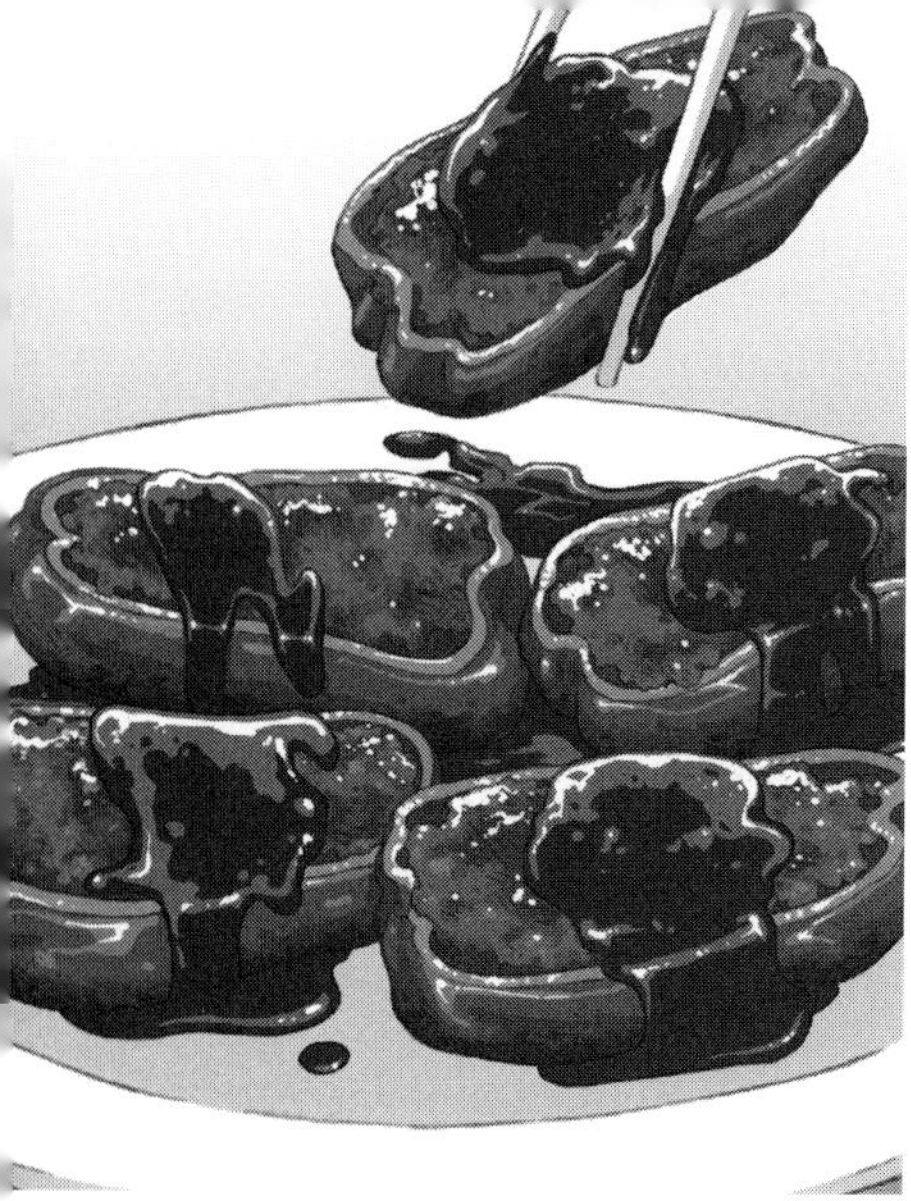

そう思うのに、なぜか、ねえちゃんたちは悪口を書かれ、ぼくだけがほめられる。人気ってほんとつかみどころがない。また、コントロールもきかないんだ。

だが、その状態《じょうたい》も長くは続《つづ》かなかった。

きっかけは、ピーマンだった。その日は、うっかり、ピーマンの肉詰《にくづ》めをおいしそうに食べてしまったんだ。自分では気がつかないうちに「うまっ」ともつぶやいてしまったらしい。そのとたん、コメント欄《らん》が炎上《えんじょう》した。

「ピーマンぎらいはうそだったのか。演出《えんしゅつ》だったのか。だまされた」

「小学生なのに、あくどい」

「がっかり。もう、鍋島家《なべしまけ》、見ない。見る気がしない」

そんなコメントが殺到《さっとう》したのだ。

「なにこれ？」

ぼくはきょとんとするしかなかった。最初《さいしょ》からピーマンはきらいではなかった。はしがすべって、落としただけだ。

ぼくがピーマンぎらいだと決めつけたのは、フォロワーのほうだ。

でも、ほんとうにそうだったか？

監督《かんとく》はバズることを予測《よそく》していた。

なぜだろう。

ぼくは動画を思いだす。

そういえば、ピーマンを落としたところだけ、やけにくっきり映《うつ》しだしていた。ぼくの表情《ひょうじょう》もアップだ。食べなくてよくなって、ほっとしているようにも見える。ほんとうにぼくはあんな顔をしたのだろうか。

もしかして、カメラが修正《しゅうせい》してる？

ぼくのピーマンぎらいを強調するように。

そして、人気がでるように。

つまり、カメラのAI《エーアイ》が動画の中に別《べつ》のぼくをつくりあげ、それを人気者にした。すべて、カメラのAIにしきられていたとか。

でも、ピーマンの肉詰《にくづ》めを「うまっ」といったのは急すぎて予測《よそく》できず、修正《しゅうせい》できないまま流れちゃったのかも。それで、炎上《えんじょう》したんだ。

家族の反応《はんのう》はそれぞれだった。

おとうさんはくやしがり、ぼくをひどくおこった。

「なんで、ピーマンを食べたんだ」と。

ねえちゃんたちは、にやっとした。

「次はわたしたちが人気者になる番だよ」と。

でも、ねえちゃんたちの人気がでるチャンスはまいこまなかった。ぼくたちの動画が、炎上《えんじょう》すると同時に打ち切りになったから。ぼくたちは以前《いぜん》住んでいた古くさい社宅《しゃたく》にもどらされた。

会社は、なにもなかったような感じで、次の家族の配信《はいしん》をはじめた。その家族、伊藤家《いとうけ》にはふたごがいて、ふたごの動きがシンクロしていてかわいいと話題。カメラもふたごのシンクロを強調して映《うつ》しだし、順調《じゅんちょう》にフォロワーをのばしている。

ぼくは心からほっとした。静《しず》かな生活がもどってきたからだ。夕食のとき、カメラを意識《いしき》して緊張《きんちょう》することは、もうない。家がせまくなっても、そっちのほうが、ぼくにはずっとよかった。

でも、完全《かんぜん》に前の生活にはもどれない。

ぼくはカメラがこわくなった。カメラを向けられると、顔をそむけてしまう。それでもむりに撮《と》られそうになると、さけんで逃《に》げだしてしまう。

そのおかげで、変《か》わったやつって見られるようになった。

でも、それでもカメラには写りたくない。だって、カメラがほんとうのことを写していた時代は、終わってしまったのだから……。

第四話　うわさアプリ

「へえ、リリコってまつ毛長いんだね」

前の席《せき》の高木《たかぎ》さんがふりむいていった。

「マジ？　どれどれ。メガネ取ってよ」

高木さんの声にまわりの子も集まってきた。

わたしはてれながらもメガネを取った。

「うわーっ」

歓声《かんせい》があがった。

「ほんと、長い。くるってカールしてる」

「メガネ取るとかわいいんだね。コンタクトにすればいいのに」

そんな声までした。わたしは机《つくえ》の下で手をぎゅっとにぎってガッツポーズした。うわさアプリ、ほんとうにうまくいくんだと。

☆

そのアプリと出会ったのはぐうぜんだった。なんとなくひまでスマホをいじっていたら、そのアプリの広告《こうこく》が目についた。

【あなたを人気者にする　うわさアプリ】
恥《は》ずかしがり屋のあなた
自分をアピールしたくても　うまくいかないあなた

目立ちたいのに、勇気《ゆうき》が出ないあなた
そんなあなたのためのアプリです。
このアプリがあなたのかわりに良《よ》いうわさを広めてくれます。
あなたの広めてほしいことを入力してください。
ぜひ、ダウンロードを。

なにこれ、って思って読んでいった。機械《きかい》がうわさを広めるなんて、ありえない。

それでも、やってみようかと思った

広告
あなたを人気者にする
うわさアプリ
★恥ずかしがり屋のあなた
★自分をアピールしたくても
うまくいかないあなた
立ちたいのに、勇気が
出ないあなた
そんなあなたのための
アプリです。

のは、やっぱりひまだったから。ただの遊びだ、ためしてみようって軽い気持ち。

アプリをダウンロードして、『かわいいっていわれたい、チャームポイントはまつ毛』って入力してみたんだ。

そしたら、今日、この結果《けっか》だ。アプリがほんとうにうわさを広めてくれた。詐欺《さぎ》とかじゃなくて、すごく優秀《ゆうしゅう》なアプリだったんだ。

「これは使える」

自分からは恥《は》ずかしくていえなかったことを、まわりからいってもらえる、アピールしてないのに注目される、これってすごく便《べん》利《り》。

ただ、アプリの利用説明欄《りようせつめいらん》に、太文字で「使いすぎには注意」と書いてあった。一週間に一度くらいがのぞましく、それ以上《いじょう》よくばると逆効果《ぎゃくこうか》らしい。

あと、もうひとつ、太文字で「うそやでたらめのうわさも流せない」ともあった。たとえば、ピアノがまったくひけないのに、「ピアノがとくい」とはできないし、してしまった場合、大変《たいへん》なことになるらしい。

「そうか。使いすぎとうそはダメね。わかった」

そのあとも、細《こま》かい字で注意事項《ちゅういじこう》がだらだら書いてあったけど、ぜんぶは読まなかった。だって、長いし細かいし、漢字も多くて、めんどくさい。
太文字の注意事項《ちゅういじこう》はちゃんと読んだから、きっとだいじょうぶ。
わたしはうまく使いこなす自信《じしん》があった。

☆　☆

一週間たって次のうわさを流すことにした。『ねこのイラストを描《か》くのがうまい』だ。ちょこっとした絵を描くのは前からとくいだし、だれかにみとめてほしかったんだ。

このうわさもうまくいった。ノートのすみに小さく描いておいたイラストに気づいてもらってほめられた。

「ええー、かわいい」

「まるい目とたれた耳がマッチしてる」

「描《か》いて、描いて」

みんな、わたしのところにノートを持ってくる。なんだかサインをせまられるスターになった気分だ。そしてなんと、先生までがこのイラストを気にいってくれ、文集の表紙を描いてみないかといってきた。

「ええー、わたしでいいんですか？」

いつもは絵がとくいな鈴花《すずか》が描いていた。でも、先生はいろんな

人が描《か》いたほうがいいからとわたしを選《えら》んでくれたんだ。

「よっしゃ、がんばろう」

はりきって、たくさん絵を描き、一番いい絵を先生に提出《ていしゅつ》した。

「まあ、矢口《やぐち》リリコさん、上手《じょうず》ね。よく描けている。助かった」

先生にほめてもらえて、わたしは有頂天《うちょうてん》。うわさアプリを上手に使えば、なんだってうまくいく気がした。

しかし、いいことばかりは続《つづ》かなかった。しばらくすると、鈴花《すずか》がいじわるをしてくるようになった。わたしの横を通るとき、「ウザッ」という。わたしにだけ聞こえる声で。

気にしないようにしていても、何回もやられると傷《きず》つく。鈴花は

クラスではリーダー格《かく》で人気があるから文《もん》句《く》もいえない。最初《さいしょ》はがまんしようと思った。でも、しだいに、くやしさがつのり、夜も眠《ねむ》れなくなった。わたしは鈴花《すずか》になにも悪いことはしていないのにと。

眠れないまま夜中まで考えて、ひらめいた。

「そうだ！　これこそ、うわさアプリを使えばいい」

鈴花のうわさを流してもらうんだ。

うわさアプリに書けば、自分からいわなくても、クラスメイトに気づいてもらえる。鈴花も、いじわるをやめてくれるだろう。

大西《おおにし》鈴花《すずか》はほんとうはいじわる。にこにこしていてもかげでいじわるしている。

そう書いたんだ。ほんとうのことだし。

流す前、もう一度、文を見なおした。

これが流れて、いじわるしていたことがばれたら、鈴花のクラスでの人気はなくなるだろう。ちょっとかわいそうかも。

でも、しかたない。いじわるをしたら、自分にかえってくるものなんだから。

わたしは「えいっ」とボタンをおした。

きっと、これでうまくいくと、その日は、ぐっすり眠《ねむ》った。

しかし、次の日、学校に行くとようすが変《へん》だった。だれも、わたしに話しかけてこない。こちらから話そうとしても、みんなよそよそしく、さけていく。

「どうして?」

なにがおこったのだろう。アプリの使い方はまちがってないはず。ひんぱんにも使ってないし、うそも書いてない。

わけがわからずなんとか学校の時間をやりすごし、家にかえって、いそいでアプリの注意事項《ちゅういじこう》のところを見なおした。

そして目をむいた。

太文字で「うそやでたらめのうわさも流せない」と書いてあった十行ほど下に、『うわさアプリは、他人《たにん》のうわさは流せません。ぜんぶ、あなたのうわさとして流れます』と書かれているではないか。

「う、うそー」

へなへなとその場にくずれおちた。

つまり、

矢口《やぐち》リリコはほんとうはいじわる。にこにこしていてもかげでいじわるしている。

とわたしの名前になって、うわさが流れちゃったんだ。だから、みんな、わたしをさけたんだ。

「なんで。なんでよ」

あわててキャンセルや削除《さくじょ》のボタンをさがした。でも、そんなものはなかった。そのかわり、最後《さいご》にこんな文章がのっていた。


人のうわさも七十五日といいます。

そのくらいたてばうわさは消えていきますから、あまりお気になさらずに……。

第五話　取りかえＯＫ《オーケー》！

「ママ、ぼくペットがほしい。ロボットペットを、飼《か》ってみたいんだ。お願《ねが》い。ぼく、なんだってするから」

ぼくはママに必死《ひっし》でたのんだ。このごろ、SNS《エスエヌエス》を見ると、ロボットペットの情報《じょうほう》がたくさんでている。それを見ていたら、飼いたくなったんだ。

ロボットペットはいいところだらけ。機械《きかい》だから死なないし、トイレの心配もしなくていい。おまけに飼い主によくなつき、飼い主のために働《はたら》いてくれるという。それを聞いたら、ほしくなってあたりまえだろ？

ロボットペットはいろいろな種類《しゅるい》がつくられている。犬、猫《ねこ》が多

いが、オウム、ペンギン、カメ、イグアナとかもいる。オウムはしゃべれるところがいいとかなり人気。イグアナもフォルムがカッコいいと評判《ひょうばん》。でも、ぼくがほしいのは犬だ。柴犬《しばいぬ》みたいな中型《ちゅうがた》犬《けん》。いっしょにじゃれあって遊びたいんだ。

でも、ママはいい顔をしない。

「そんなのいらないわよ。高いん

だし」

　そういうばかり。

　たしかに、優秀《ゆうしゅう》なAI《エーアイ》が入っている最新型《さいしんがた》のロボット犬は高価《こうか》だった。でも、そこでケチらないほうがいいらしい。安い粗悪品《そあくひん》だと、飼《か》い主《ぬし》を覚《おぼ》えなかったり、やたらほえたり、走りまわったりで、かわいくないのだという。

　ぼくがねらっているのは、ココロAIラボ製《せい》だ。この前、@PU《アットプー》という種類《しゅるい》のロボット犬が、おばあさんのピンチをすくったとニュースになった。孫《まご》がつづった感謝文《かんしゃぶん》がネットに公開されて人気が急上昇《きゅうじょうしょう》してる。それに似《に》た、本来の犬らしいロボット犬がほしいんだ。

しかし、どんなにほしくてもママがゆるしてくれないとロボットなんて買えない。だから、このごろ、ママを見ると、ぼくはたのむようにしている。

「ねーねー、買ってよ。お願《ねが》い」

「だめったらだめ。そんなお金ないのよ。あなたにだって、これからお金がかかるんだし」

ママは顔をきゅっとしかめていった。

「でも、たいくつなんだよ。学校に行ってないから……」

一学期に少しかよっただけで、ぼくは学校を休んでいた。理由はクラスで仲間《なかま》はずれにされたから。

ママも行かなくていいといってくれた。勉強ならひとりでも十分できるからと。

実際《じっさい》、学校のドリルなどは習わなくても、すらすらとけた。学校の友だちが、なんでできないかが、わからない。

学校で友だちに「どうして、こんな簡単《かんたん》なのができないの？」としつこく聞いたりした。ママはそれが友だちを傷《きず》つけたっていうけど、傷つけるつもりなんて、少しもなかったんだ……。

学校を休んでいるから、今はひとりで勉強する。一週間に一度、家庭教師《かていきょうし》の人がきて教えてくれる。きてくれるのは大学生の男の人。勉強はその人より、ぼくのほうができたりする。だから、その人とはおしゃべりをする。いろいろな会話をするのはとても楽しい。

その家庭教師の人もロボットペットを持っているという。その人のペットはイグアナ型《がた》。ひとり暮《ぐ》らしでも、ロボットペットがいるとさびしくないという。そんな話を聞くと、ますますほしくなる。

「ねーねー買ってよ。お願《ねが》い。いい子にするからさ」

ぼくは何度もママにたのんだ。ママがうんざりした顔をしても、おこっても、めげずにたのみ続《つづ》けた。そのかいあってか、ママがとうとういってくれた。

「あなたのしつこさに負けた。クリスマスのプレゼントとして買ってあげる。今週末《こんしゅうまつ》、いっしょにお店を見にいきましょう。ココロA《エー》I《アイ》ラボってところ」

「いいの。やったー」

ぼくはうれしくて、何度もとびはねた。そんなにあばれたら、ソファがこわれるってママにいわれても、体が動いてしまう。

「うれしいな。どんなロボットペットにしようかな」

カタログを見ながら、ぼくは思いえがく。ロボットペットとの生活を。きっと今よりずっと楽しいにちがいない。ワクワクすること、ドキドキすることがたくさんあるにちがいない。その日、ぼくは楽しみすぎて、なかなか眠《ねむ》れなかったくらいだ。

日曜日は寒くて、ママは厚《あつ》いコートをきていた。ぼくらは手をつないで、その店にいった。ココロAI《エーアイ》ラボのロボットペット販売所《はんばいじょ》だ。たくさんのロボットペットがならんでいた。そりゃもう、どれもかわいい。

「コンニチハ　ご主人さま」

かわいい声でよびかけるオウム。

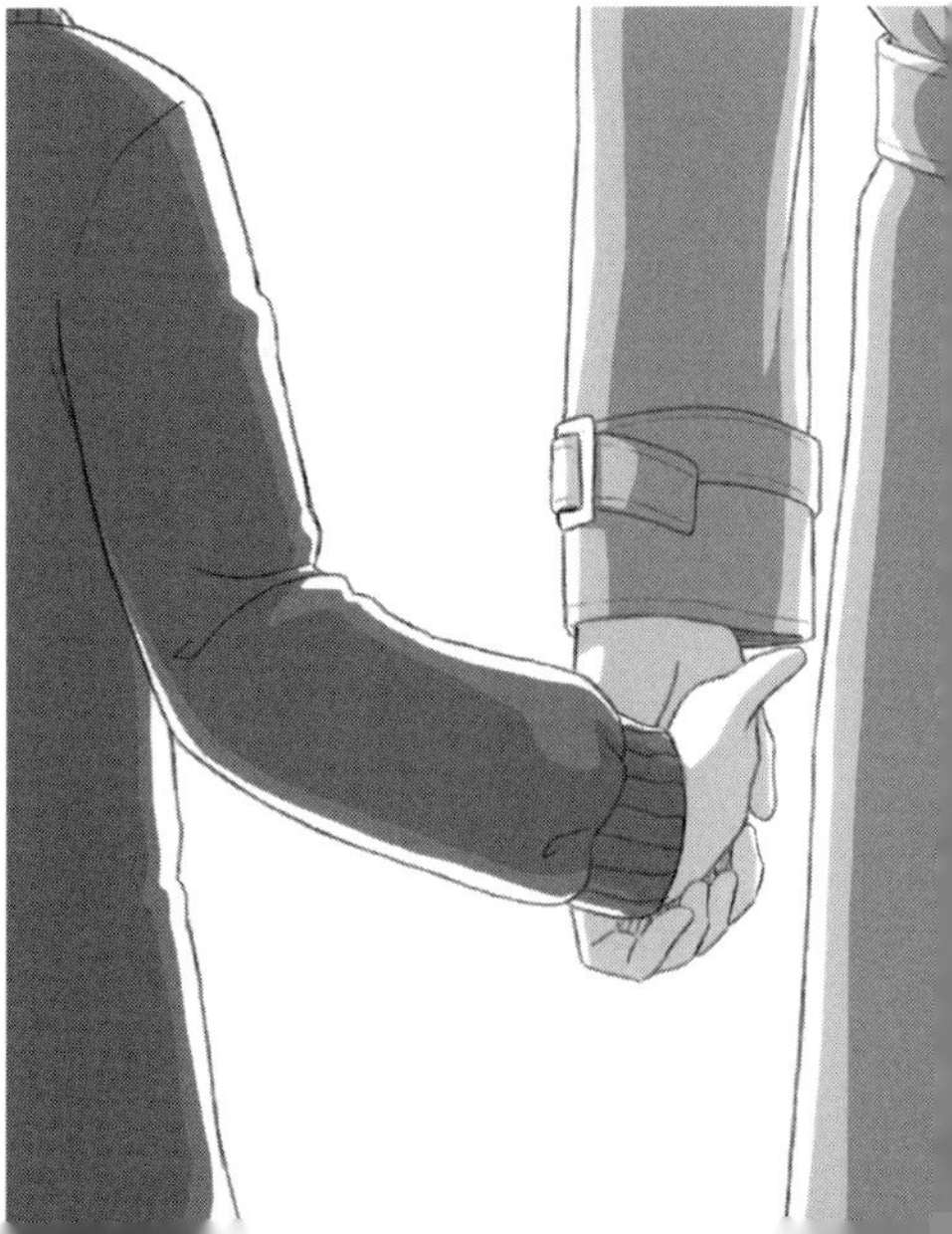

ちょこちょこと短い足でよってくるペンギン。じっと檻《おり》のおくからこっちをにらんでいるニシキヘビ。

みんなロボットなんだ。

犬がほしいというと、店員さんは犬のスペースにつれていってくれた。たくさんのロボット犬がそこにはいた。

「かわいい。すごい」

ぼくはミニチュアダックスフントの形をした@ZU《アットズー》に夢中《むちゅう》になった。愛《あい》らしい目、たえまなくふられているシッポ。さわり心地《ごこち》もいい。

「これはどのくらいかしこい犬なの？」

ママが聞いている。

「ＡＩ《エーアイ》は最新型《さいしんがた》です。でも、人間のじゃまはしないようにできています。昨年《さくねん》までは、＠ＰＵ《アットプー》といって本物の犬と同じく、なにもできない犬にしつけをしていくものがはやってましたが、しつけるのが大変《たいへん》というクレームがあったので変《か》えました。この＠ＺＵ《アットズー》は、最初《さいしょ》からしつける必要《ひつよう》がない、ロボットらしいロボット犬です」

「それはいいわね。あまり、生きものっぽいのにすると、手がかかって大変だから」

「そうなんですよね。犬らしい行動をするのがお好《この》みの人もいますが……。これはあくまでロボットで、いそがしい家庭におすすめです。そして、買ってみて、気にいらなかったら取《と》りかえられます」

「ほんとなの？」

ママは目をまるくした。

「それはいいわね」

「えっ、知らなかったんですか？　ココロＡＩ《エーアイ》ラボのロボットはどれも取りかえＯＫ《オーケー》なんですよ」

「そうなの。もしかして、これも」

おどろいたことに、ママはぼくの背中《せなか》を指さした。

「はい。それはかなり優秀《ゆうしゅう》なＡＩを搭載《とうさい》した人間型《にんげんがた》ロボットですね。お高かったでしょう？」

「そうなのよ。でも、手がかかって、手がかかって。ロボット用の家庭教師《かていきょうし》までつけているのよ。人間らしく行動できるようにと」
「それは大変《たいへん》ですね。子どもらしくやんちゃな男の子にプログラムされているんでしょうね。本人も自分を人間と思いこんでいるのでは？」
「そう。そうなのよ。すっかり人

間のつもり。さびしいからロボットペットがほしいだなんていいだして」

「そうだったんですか。それはそれでかわいいですが、もし、お客さまの事情《じじょう》にあわないのなら、取りかえられますよ」

「そう？　では、もう少し、手がかからない人間型《にんげんがた》ロボットに変《か》えてもらおうかしら？　わがままや文句《もんく》をいわないものに」

ママはぼくから目をそむけていう。

ぼくは唖然《あぜん》としっぱなしだった。

ふたりはいったいなにを話してるんだろう。これじゃ、ぼくが手がかかる人間型《にんげんがた》ロボットみたいじゃないか。

「では、こちらにどうぞ。今、調べさせてもらいます」

店員はふかぶかとおじぎをすると、ぼくの手をひっぱろうとする。

「なんで、ママ、どうして？」

ぼくは店員の手をふりはらい、ママにかけよろうとする。ママはかなしそうに首を横にふるだけ。そのとき、背中《せなか》で店員の声がした。

「ごめんな。でもしかたないんだ」

すうっとぼくの意識《いしき》がうすくなっていく。背中のスイッチを切られたらしい。

ぼくはもがいた。こんなのいやだと。

でも、力がどんどんぬけていく。

へなっとした体で、ぼくは最後《さいご》の力でつぶやいた。

「ねえ、だれか教えて。ぼくは、ぼくは……、いったい、なんだったの？」

第六話　ふたつのドローン

見あげると空は晴れていた。ブーンと小さな音をたてて、わたしの監視《かんし》ドローンがとんでいる。

五年前、小中学生の安全のために、一人に一台、監視ドローンをつけることが法律《ほうりつ》で義務《ぎむ》づけられた。〝友だちドローン〟という名前でだ。たしかに、直径《ちょっけい》十センチのかわいいドローンが手わたされたときは、ときめいた。どこにでもドローンがついてくるなんておもしろい。犯罪《はんざい》から守ってくれるのは助かるし、いじめや万引きはぐーんと少なくなった。

ドローンは、授業中《じゅぎょうちゅう》はしずかに机《つくえ》の上で待機《たいき》している。勉強や読書のじゃまはしない。家に帰ると、ドローンはみずから充電器《じゅうでんき》にもどっていく。お風呂《ふろ》までついてきたりはしない。

でも、いいことのかげには悪いことがある。

監視《かんし》ドローンに見はられる生活には自由がなかった。ちょっとでもふだんとちがう行動をすると、親に連絡《れんらく》がいってしまう。うちの親は厳《きび》しくて、監視ドローンが映《うつ》した動画を、しょっちゅうチェックするからなおさらだ。

「監視ドローン、マジ、うざい」

中学になると、たまらなくそう思いだした。ひとりになりたい。親に見られない時間をもちたい。

だれもがそう思うみたいで、みんな『ドローンまき』を試《こころ》みる。ドローンから逃《に》げだして、少しだけ自由を味わいたいというんだ。でも、成功《せいこう》した人はいない。

監視《かんし》ドローンは、こっちの体つきや歩き方まで、しっかり認識《にんしき》してついてくる。一定時間、姿《すがた》が見えないと親に連絡《れんらく》がいくんだ。変装《へんそう》したり、ドローンを箱にとじこめたりして、つかのまの自由を味わったとしても、あとで親からおこられるはめになる。あまりひんぱんに違反行為《いはんこうい》をしたら、親は罰金《ばっきん》をとられて、子どもは不良《ふりょう》として外出禁止《がいしゅつきんし》をいいわたされる。

「あーあ、おまえからは、はなれられないのかな」

校庭にでてて、ゆううつな気持ちでドローンを見あげていたら、とつぜん、ボールがとんできた。野球部のボールだ。

「うわっ」

ぎゅっと目をつぶった。ガシャと大きな音。なにかと、ぶつかったんだ。

こわごわ目をあけたら、監視《かんし》ドローンが地面に落ちていた。カメラがこわれている。

「ごめん、ごめん、だいじょうぶですか？」

　野球部員があわてたようすで、かけてきた。

「はい。ドローンが守ってくれたから。でも、ドローンが……」

　野球部の先生もかけてきて、こわれた監《かん》視《し》ドローンを見た。

「こりゃ、修理《しゅうり》しないとな。しばらくは、かわりのドローンを使うことになる。こういうときのためのものが、職員室《しょくいんしつ》に用意してある。親には連絡《れんらく》しておくから心配するな」

　そういわれて、職員室《しょくいんしつ》に行くと、教頭先生からシマシマもようの派手《はで》なドローンをわたされた。

「修理《しゅうり》が終わるまでこれでがまんしてね。友だちドローンなしで下校するわけにはいかないから。これ、トイドローンっていって、子どもと遊ぶ用につくられたドローンよ」

　トイっていうのは、英語《えいご》でおもちゃって意味。おもちゃみたいなドローンってことだろうか。今はこれしかないのだというので、そのし

ましまのドローンといっしょに下校することにした。

しばらく歩くと、トイドローンが話しかけてきた。

「結城《ゆうき》さん、せっかくだから、どこか行こうよ」

「ええ？　しゃべれるの」

「うん。子どもと遊ぶ用につくられている。お散歩《さんぽ》もとくいだよ」

「でも、みちくさしたら、親に連絡《れんらく》がいく」

「ボクは動画は撮《と》らないよ。ただ、形だけ君にくっついているだけ」

「マジで。親に報告《ほうこく》がいかないの？」

「うん」

「わーい。自由だ。ひとりになれる」

ずっと監視《かんし》されない時間を味わってみたかった。そのチャンスがきたんだ。これは、どこかに寄《よ》り道《みち》しないともったいない。

でも、どこに行こう。こんなこと考えたことなかったし、とつぜんだから、すぐに思いつかない。

「では、海を見るのは？　ちょうどいい公園があるよ」

トイドローンがいった。神社のそばにあるアジサイ公園。そこからだと、遠くに海が見えるという。

「いいね。そこ行こう。案内《あんない》して」

トイドローンの道案内で、歩きだした。それだけで、ウキウキしてきた。監視《かんし》されないってだけで、世界がいつもとちがって見える。

めあての公園は、古いブランコとすべりだいがあるだけで、だれもいなかった。なんかしょぼい公園だ。

公園のブランコに立ちのりすると、遠くに海が見えた。

「どうして、ひとりに、なりたかったの？」

トイドローンがそばにきていう。

「うーん」と、わたしは空を見あげる。

「中学になって友だちができない」

小学校卒業《そつぎょう》のタイミングで転校したため、中学校に知り合いがいなかった。そのせいか、友だちをうまくつくれなかった。

「ママは、学校でのわたしの動画を毎日チェックする。それで、早く友だちつくりなさいってうるさい」

「友だちには話しかけた？」

「うん。でも、ママが監視《かんし》してると思うと、うまくできなくて。うちのママ、ドローンの画像《がぞう》を見て、あれこれ文句《もんく》いうから」

「そんなことするの？　大変《たいへん》だね」

トイドローンはうなずくように、たてにゆれる。なかなか話がわかるやつだ。

そのとき、「あれ、わたしの場所？」と声がした。

顔をあげると、同じクラスの女子が立っていた。たしか、三田《みた》っていう人だ。

「あなたの場所？」

「そう。ここのブランコ、気にいっている。ゆらすと海が大きく見えたり、小さく見えたり。気分を変《か》えたいとき、よくくるんだ」

三田さんは、となりのあいてるブランコにのり、小さくこいだ。

「あの、寄《よ》り道《みち》したりして、だいじょうぶ？」

三田《みた》さんの監視《かんし》ドローンを指さして聞いた。

「だいじょうぶ。うちの親は、わたしがなにしてるかなんて、興味《きょうみ》がない。それより、早く帰るとおこるんだ。だから、いつもここで時間をつぶす。ここは風が気持ちがいい。結城《ゆうき》は？」

いきなりしたしげによびすてにされた。

「監視《かんし》ドローンがこわれちゃって、今だけ監視されないトイドローンなの。こわれたやつのかわりにと、教頭先生にわたされたから。そしたらこのトイドローン、おしゃべりするかわいいやつでね。ここにも、このトイドローンがつれてきてくれた」

「うそーっ、ドローンが話すの？」

「そうだよ。おい。トイドローン、なにか話してみて」

よびかけると、トイドローンは、小さくおじぎをした。

「はじめまして。ボク、トイドローン。遊ぶの大好《だいす》き。せっかくだから、遊ぼうよ？　こんなに天気がいいし」

「遊ぶ？」「ドローンと？」

三田《みた》さんとわたしの声がかぶる。どちらもキョトンとしてる。ドローンと遊ぶなんて、考えたことなかったから。

「そう。鬼《おに》ごっこ。ぼくをつかまえてみて」

トイドローンが高くとびあがると、また、わたしたちの前におりてきた。そして、さわってみろといわんばかりに、左右にゆれる。

「よーし」

「やろう」

わたしと三田さんは、同時にブランコからおり、トイドローンを追いかけた。トイドローンはずるかった。つかまりそうになると、すぐ上にぴょんととびあがる。

「だめ。上に逃《に》げるのはなし。うちら、
空はとべない」

三田《みた》さんが文句《もんく》をいう。

「わかった。上にはとばない。早く、
つかまえてみな」

トイドローンははやくなったり、おそくなったりしながら、逃げていく。

わたしたちはきゃあきゃあいいながら、追いかけた。汗《あせ》でしめったはだを風がなぜていく。

もう少し、もう少しで手がとどきそう。でも、トイドローンは軽々

と逃《に》げていく。

「まって。結城《ゆうき》。作戦《さくせん》会議をしよう」

三田《みた》さんがいいだした。これじゃいつまでたってもつかまえられない。ふたりで両側《りょうがわ》から追いかけて、つきあたりに追いこんでと、三田さんは作戦を説明《せつめい》した。力をあわせればいいというのだ。

「OK《オーケー》！」

わたしたちはたがいに合図しながら、トイドローンを追いかけはじめた。

さすがのトイドローンも両側からせめられると混乱《こんらん》するようだ。

そして、十分後、みごと、トイレの壁《かべ》の前にトイドローンを追いこんで、つかまえたんだ。

「やったー」

「よっしゃー」

うれしくてハイタッチ。

トイドローンは「やられた。くやしい」と、体をふるわせている。

肩《かた》で息をしながら、三田《みた》さんがいう。

「なんか、気持ちいいね」

「うん。こんなに走ったの、いつぶりだろう」

ふたりで、ハハハって笑《わら》い合った。

トイドローンはまだ遊びたそうだったけど、わたしたちは「少し休もう」とベンチにすわった。少しつかれていた。

「トイドローンって最高《さいこう》。同じドローンなのに、監視《かんし》ドローンとぜんぜんちがう」

「そうだね。これ、どっちも人間が考えて、つくったんだよね」

そういったあと、三田《みた》さんは少しまじめな顔になった。

「知ってる？　海のむこうだと、殺人兵器《さつじんへいき》として使われるドローンもあるんだってよ」

「知ってるよ。ニュースでやってる」

「ドローンが爆弾《ばくだん》を運んで落とすなんて、ひどい話だよね。でも、それ、人間がさせてるんだよね」

「うん。ドローンだってそんなこと、したくないよ。きっと」

わたしは、遠くでキラキラひかる海のほうに目をやった。

どんどん発達《はったつ》していく科学をどう使いこなすか、今、人類《じんるい》はためされているのだろう。でも、一部の大人は、せっかくの科学力を、戦《たたか》いや監視《かんし》に使おうとする。そのため、戦争《せんそう》はより残虐《ざんぎゃく》に、監視はより厳《きび》しくなっていくんだ。それを思うと、科学の発達《はったつ》を心からよろこべない。未来《みらい》が明るいって思えない。

こんなふうに考えるのって、おかしいのかな？

みんなはそう、思わないのかな？

ずっとだれかに聞いてみたかったけど、口にだせなかった。まじめとか暗いとか、いわれたらいやだ。

でも、この人ならだいじょうぶそうと、となりの三田《みた》さんを見る。

「ねえ、監視《かんし》ドローンっていやだと思わない？　わたし、大人になったら、監視ドローンを子どもにつけるの、やめさせたい。監視されるって、きゅうくつだから」

「それいい。うちも賛成《さんせい》。トイドローンのほうがいいよ」

三田《みた》さんがそういい、少し恥《は》ずかしそうにつけたした。

「ね、その日までうちら、友だちでいようよ」

「それ、いいね」

自然《しぜん》と笑顔《えがお》になれた。三田さんも目をほそめている。

海がオレンジ色にそまりだした。今日が終わると、また、監視《かんし》されるる日がはじまるのだろう。

でも、監視ドローンだって、心の中までは監視できない。だったら、わたしがわたしのままでいることはできるはず。

「ね、見てて、見てて」

トイドローンがわたしたちの視線《しせん》の先で、高くとびあがった。そして、くるりとちゅうがえり。

空に大きく「まる」をえがいてみせた。

さて、新しいＡＩ《エーアイ》はどうだったかな？

気にいったなら、ココロＡＩラボをさがして行ってみてね。

運がよければ、見つかるはずだから。

作／赤羽《あかはね》 じゅんこ

東京都生まれ。青山学院大学文学部卒業。日本児童文学者協会理事。『おとなりは魔女』でデビュー。『がむしゃら落語』で産経児童出版文化賞ニッポン放送賞を受賞。おもな作品に『ひと箱本屋とひみつの友だち』(さ・え・ら書房)、『おおなわ　跳びません』(静山社)など多数。

絵／Lico《リコ》

愛知県在住。書店員やシステムエンジニアの勤務を経て、フリーランスのイラストレーターに。教材用イラストやパズル誌のイラストの制作を中心に、漫画背景アシスタントなどにも活躍の場を広げている。１枚でストーリーを感じられるイラストになるよう力を入れて制作している。趣味はゲーム、植物を育てること、民俗学や神話について調べること。作品に『いつも会う人』(国土社)がある。

休み時間で完結　パステル ショートストーリー

Silver《シルバー》

暴走するAI

作者／赤羽 じゅんこ
画家／Lico

2024年12月25日　初版1刷発行

発　行　　株式会社 国土社
〒101-0062　東京都千代田区神田駿河台2-5
TEL 03-6272-6125　FAX 03-6272-6126
https://www.kokudosha.co.jp
印刷・製本　モリモト印刷 株式会社

NDC913　112p　19cm　ISBN978-4-337-04141-7　C8393

落丁本・乱丁本はいつでもおとりかえいたします。